Matze Döbele, geboren 1975 im badischen Zell im Wiesental, studierte Illustration in Hamburg, wo er auch heute noch mit seiner Familie lebt. Seine Bilder wurden in Deutschland, Italien, Japan und Korea ausgestellt. Für »Pauls Glück« wurde er mit dem koreanischen CJ Picture Book Award ausgezeichnet.
www.derdoebele.de

© 2011 Verlagshaus Jacoby & Stuart, Berlin
Alle Rechte vorbehalten
Gesetzt aus der Lithos
Druck und Bindung: Memminger MedienCentrum
Printed in Germany
ISBN 978-3-941787-29-2
www.jacobystuart.de

Verlag und Autor danken dem CJ Picture Book Festival, Korea, für die Förderung des Drucks

PAULS GLÜCK

Text und Illustration von
Matze Doebele

Verlagshaus Jacoby & Stuart

Das ist Paul.
Naja, noch nicht ganz,
aber aus diesem Ei wird Paul
bald schlüpfen.

Und dann ist er: ein Rabe!

PAUL ←

Paul wohnt mit seiner Familie in einem grossen Nest hoch oben auf einem Schornstein über dem alten Industriegebiet am Rande der Stadt. Eigentlich könnte Paul ja glücklich sein. Aber da ist das Problem mit seinen Flügeln ...

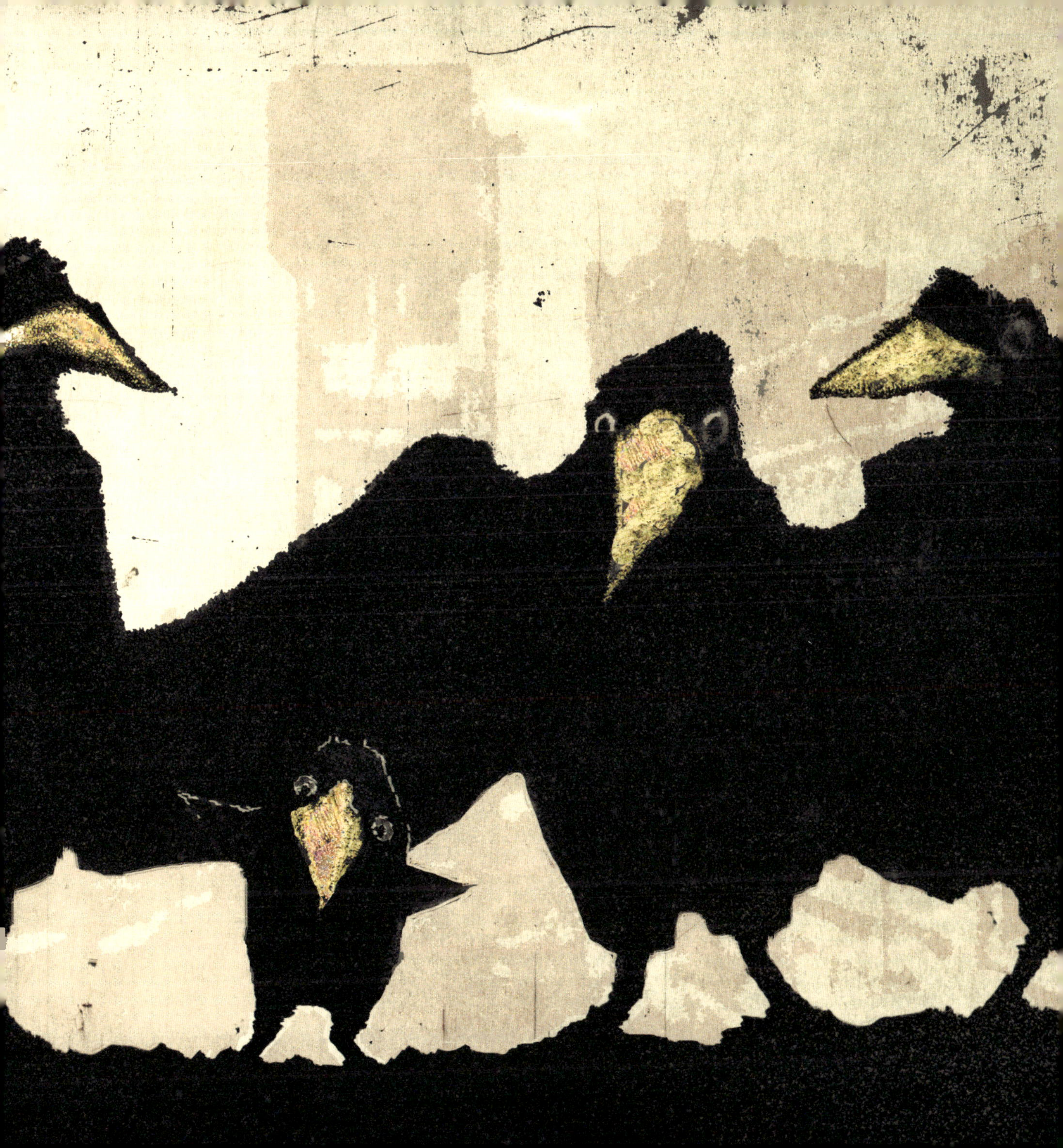

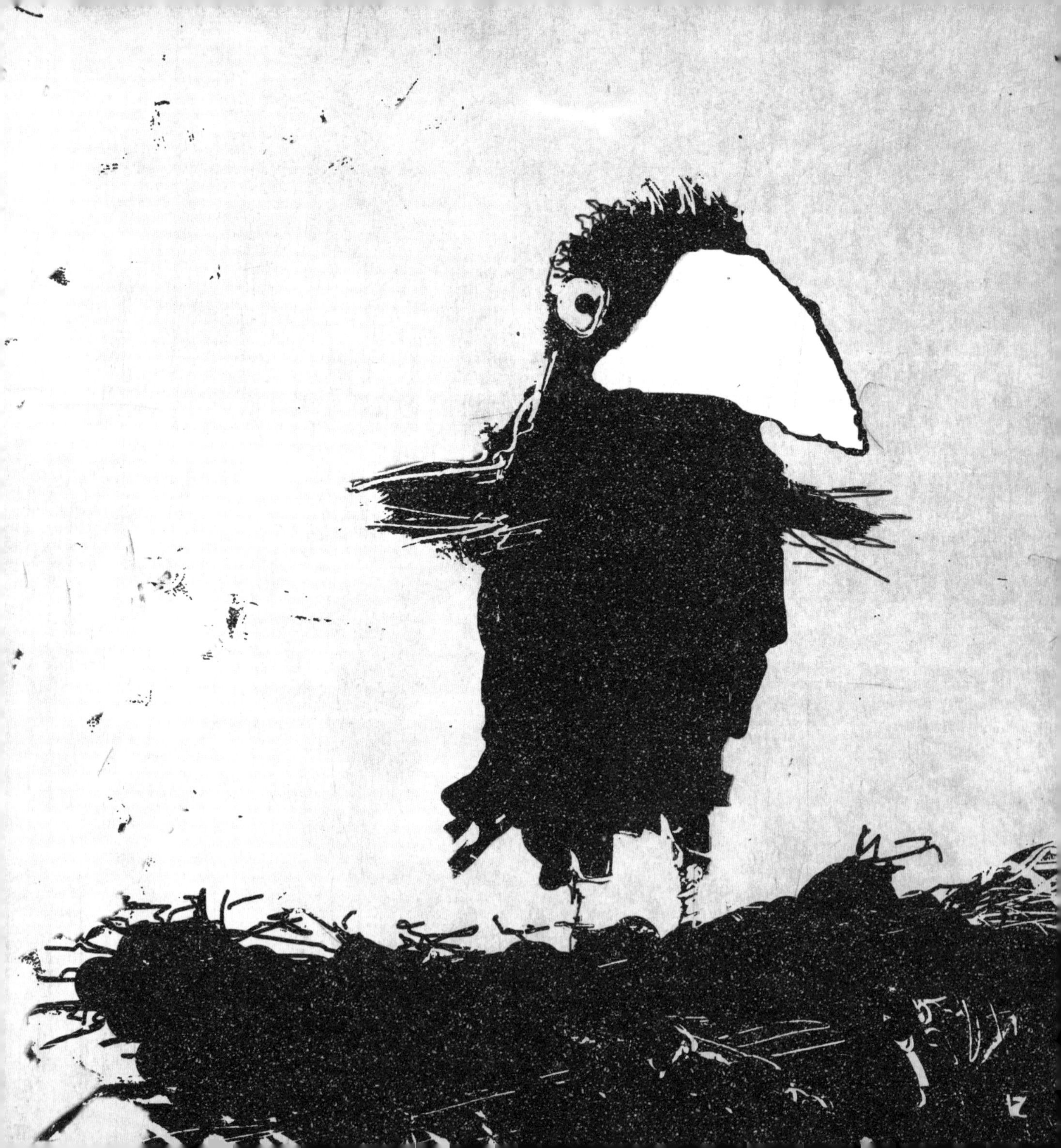

Pauls Flügel sind nämlich viel kürzer
als die Flügel anderer Rabenkinder.
Raben brauchen aber grosse Flügel,
damit sie fliegen können.
Paul hat schon oft versucht zu fliegen,
sich minutenlang an den Rand des
Nestes gestellt und mit den Flügelchen
geflattert.
Vergeblich, es ist, als sei er festgeklebt.

Und so bleibt Paul nichts anderes übrig, als den lieben langen Tag im Nest zu hocken und seinen Geschwistern bei ihren Flugübungen zuzuschauen.
Das ist ganz schön langweilig, findet er.
Ausserdem wird er von den frechen Nachbarskindern verspottet:
»Hey, Pinguin, flieg doch mal!«, rufen sie, wenn sie über Pauls Nest hinweg gleiten.
Das mit dem Pinguin haben sie sich ausgedacht, weil ein Pinguin auch so kurze Flügel hat und nicht fliegen kann.
Paul ist jedes Mal so traurig, dass ihn seine Eltern und Geschwister kaum trösten können.

Armer Paul.

Pauls Eltern machen sich grosse Sorgen um ihn. Eines Abends, der Mond geht gerade auf, sitzen die beiden in der Nähe des Nestes und sprechen darüber, wie sie Paul helfen können.
»Ich habe ihm das Fliegen doch ganz genau erklärt. Und er hat sich wirklich angestrengt!«, seufzt Pauls Mutter.
Und so flüstern die beiden bis spät in der Nacht.

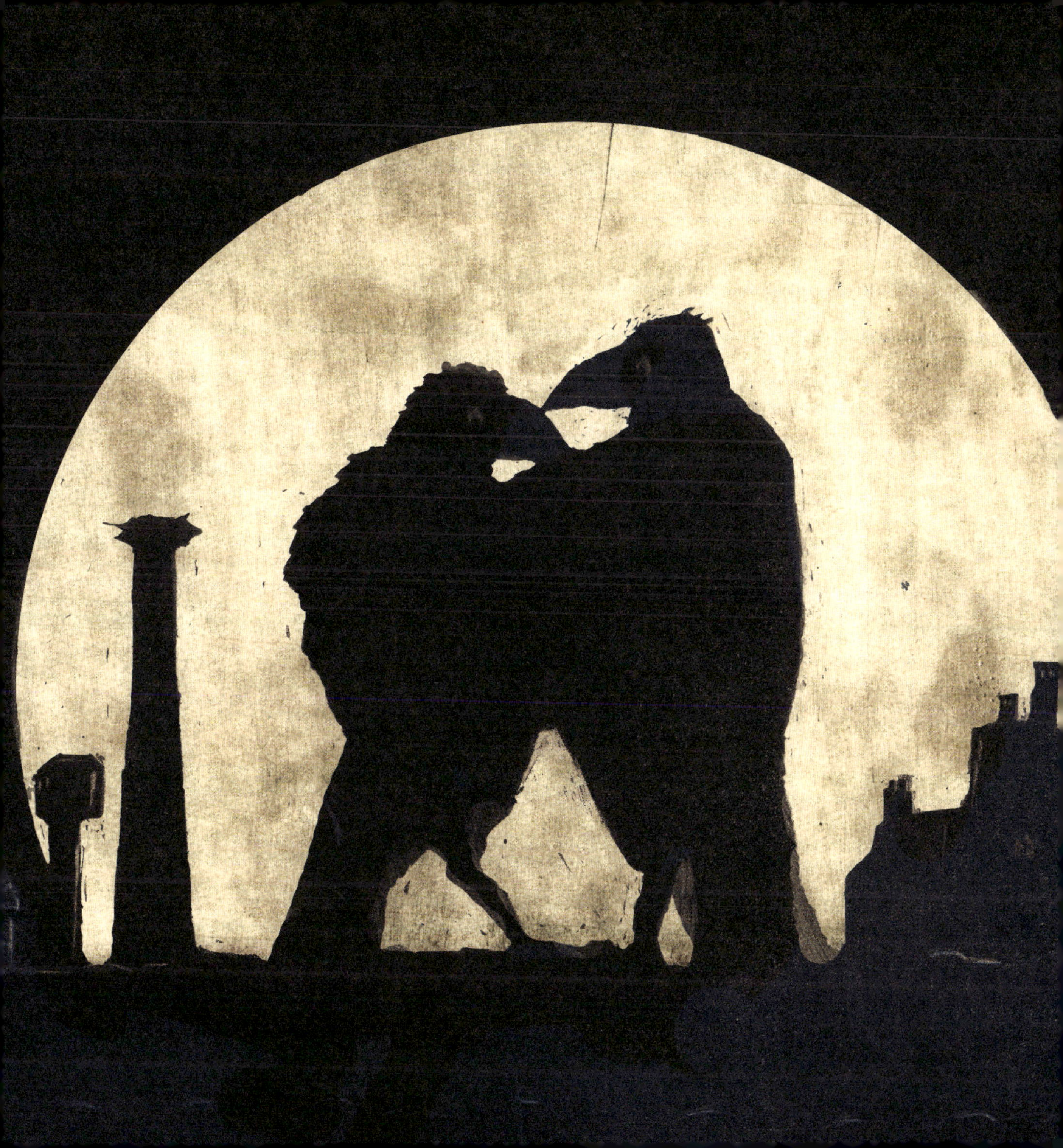

Und noch jemand kann an diesem Abend nicht einschlafen. Paul sitzt im Nest und schaut dem Mond beim Wandern zu. »Na gut,« denkt er sich, »wenn es schon alle sagen, dann will ich eben ein Pinguin sein! Und Pinguine leben nicht auf Schornsteinen, sondern ...« Hier stockt er, weil er gar nicht so genau weiss, wo Pinguine eigentlich leben.

»Na ja, auf Schornsteinen jedenfalls nicht. Aber ich werde sie schon finden. Und morgen breche ich auf!«

Natürlich sind Pauls Eltern und Geschwister sehr traurig, als Paul ihnen am nächsten Morgen erzählt, dass er sie verlassen wird. Doch sie spüren, dass Paul das Richtige tut, denn er kann ja nicht sein ganzes Leben lang im Nest sitzen und sich langweilen. Nach vielen Tränen, Küssen und Umarmungen bricht Paul schliesslich auf.

Mühsam klettert er die rostige Krampenleiter am Schornstein hinab. Als er unten angekommen ist, fühlt er sich so mutig wie noch nie. Noch macht es ihm Spass, auf Wanderschaft zu sein. Aber je weiter er geht, desto kleiner und einsamer fühlt er sich.

Und seine Füsse tun ihm weh.

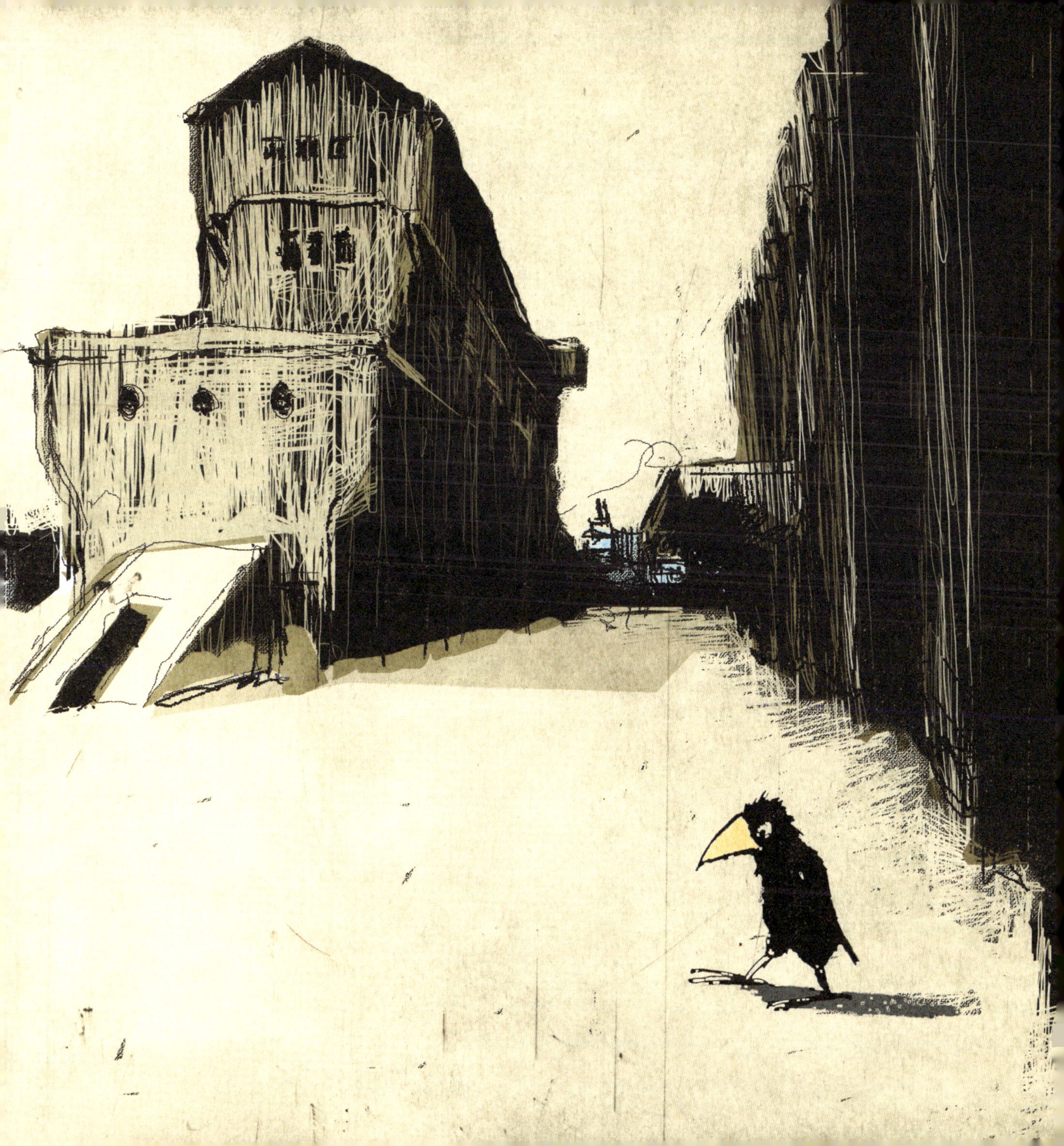

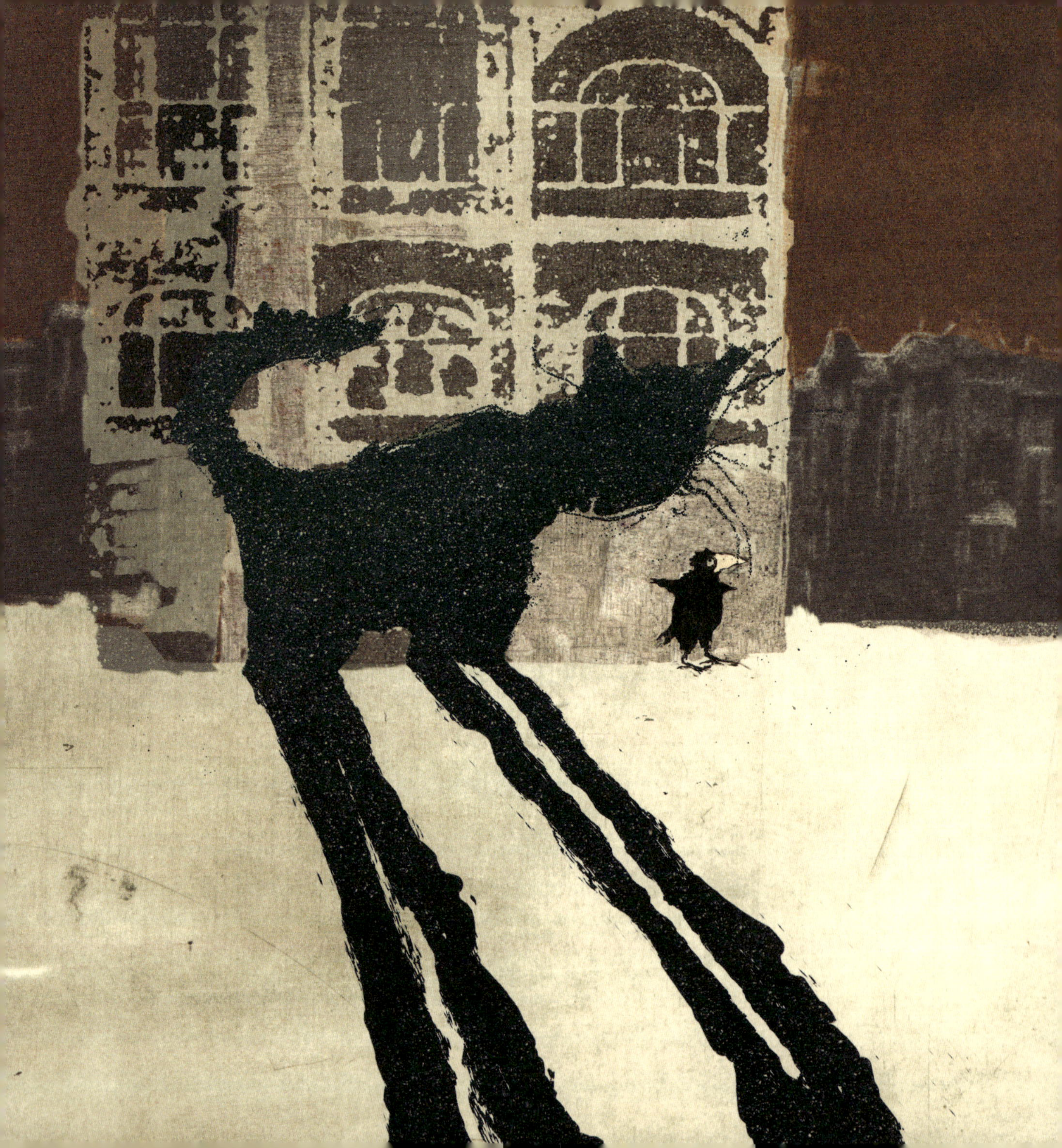

Als am Abend die Sonne untergeht, erschrickt sich Paul fast zu Tode: Hinter ihm steht auf einmal ein riesiger Kater! Und Paul weiss, dass Katzen die schlimmsten Feinde der Vögel sind.

Langsam kommt der riesengrosse Kater auf Paul zu, und mit tiefer Stimme spricht er ihn an:
»Na, du kleiner Rabe, hast du dich verlaufen?« Da nimmt Paul all seinen Mut zusammen und flüstert:
»Ich bin kein Rabe, ich bin ein Pinguin!«
»Klar, du bist ein Pinguin«, schmunzelt der Kater.

Es dauert etwas, bis Paul sich von seinem Schrecken erholt hat, aber weil der Kater so nett ist und gar nicht mehr gefährlich wirkt, fasst er Vertrauen und erzählt dem Kater seine Geschichte. »Und deshalb muss ich die Pinguine finden!«, endet er.

»Das kann ich gut verstehen!«, sagt da der Kater. »Morgen werde ich dir den Weg zu den Pinguinen zeigen. Aber jetzt ist es schon spät. Ich bin müde, und ich glaube, etwas Schlaf würde dir auch gut tun, oder?«

Da muss Paul ihm recht geben: Nach diesem Tag ist er wirklich furchtbar müde. Er kuschelt sich in das warme weiche Fell seines neuen Freundes, und schon ist er eingeschlafen.

Gute Nacht, Paul!

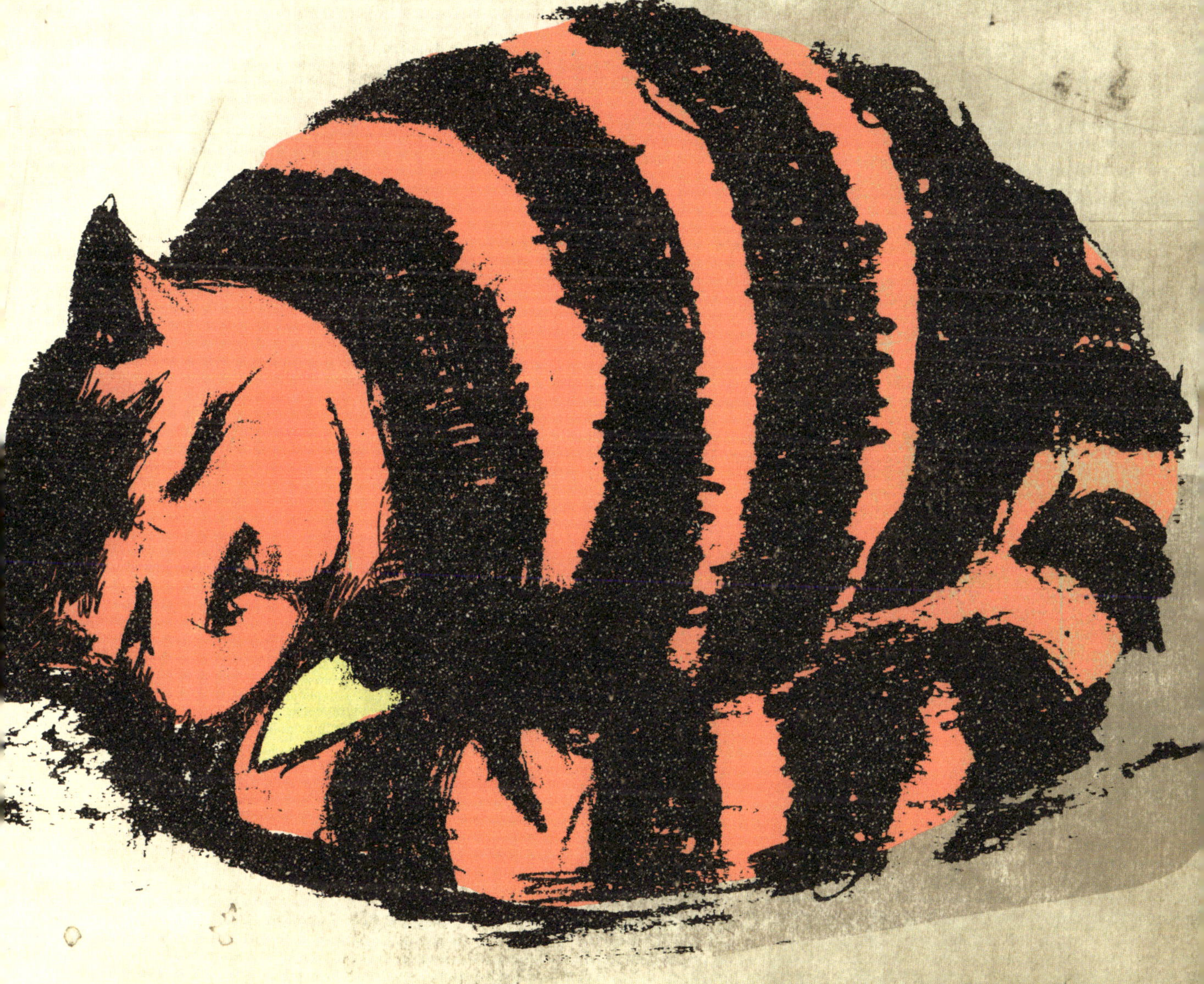

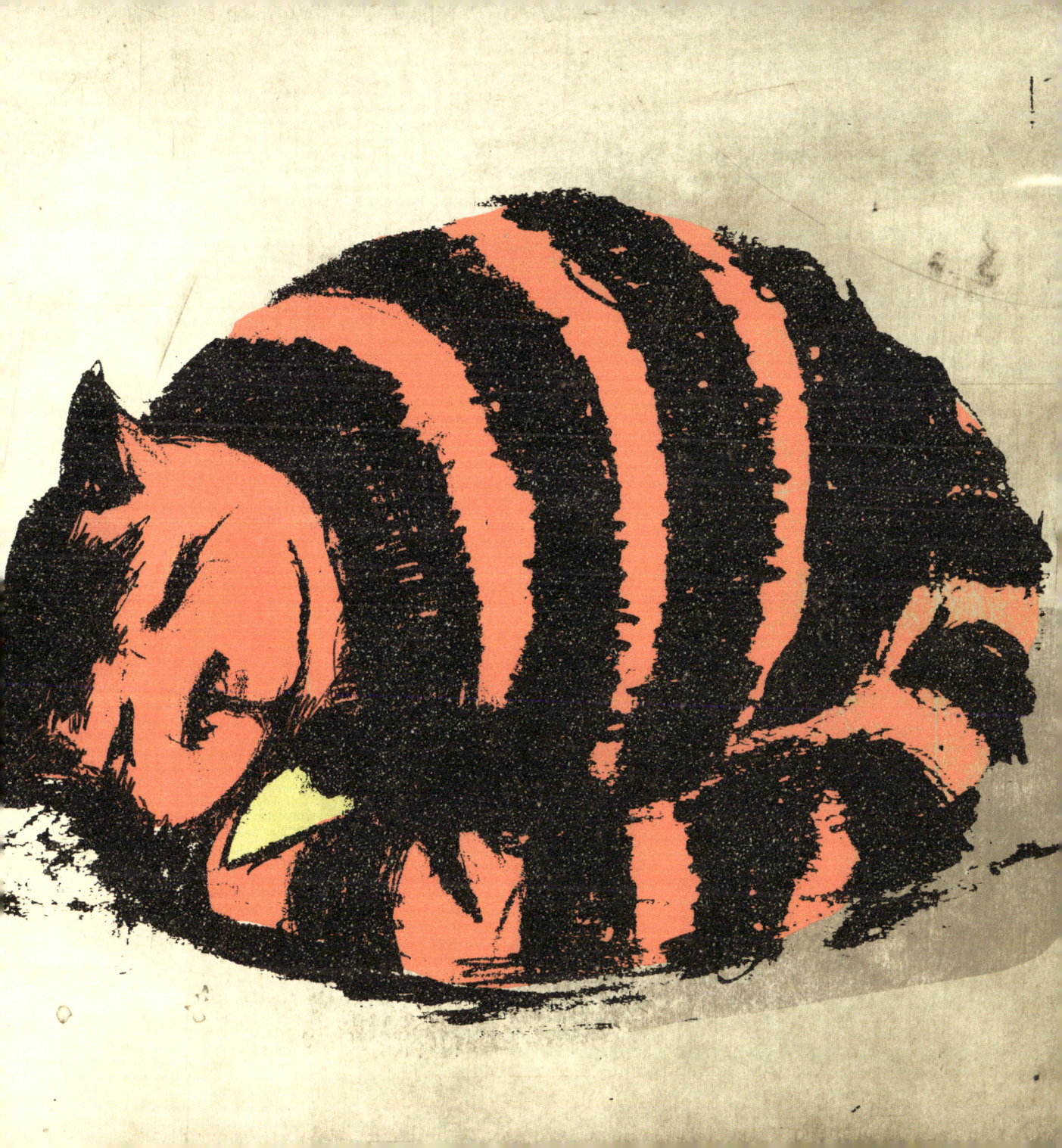

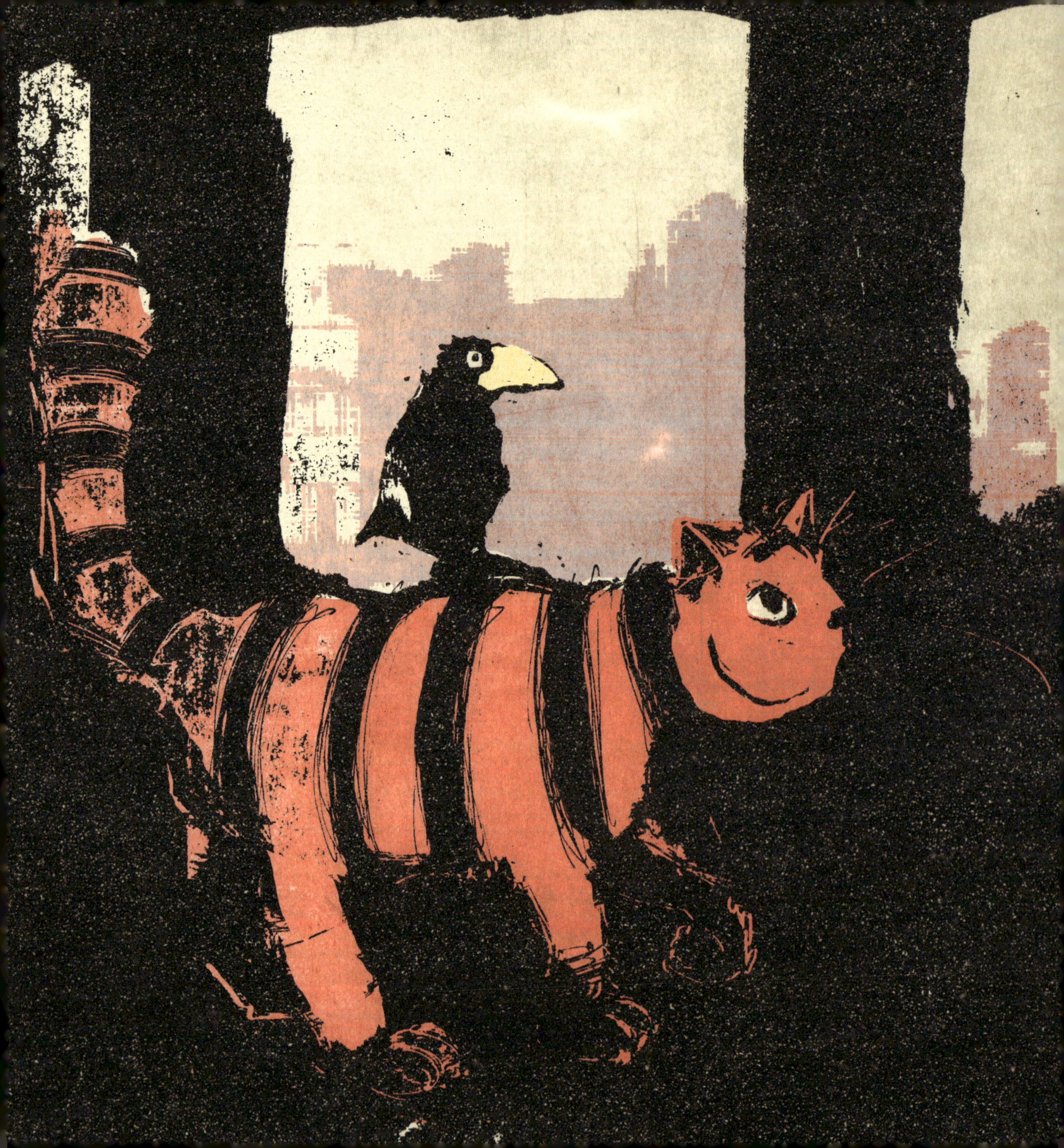

Am nächsten Morgen brechen sie früh auf. Mittlerweile weiß Paul auch wohin: in den Zoo!

Als sie nach einer langen Wanderung dort angekommen sind, kann Paul es kaum erwarten, endlich die Pinguine zu sehen.

»Ich seh' einen! Ein Pinguin, Kater, schau, ein Pinguin!«, ruft Paul aufgeregt, als sie zum ersten Gehege kommen.
Da muss der Kater lachen. Er erklärt Paul, dass das Tier Giraffe heisst und überhaupt kein Vogel ist.
»Die hat ja auch keine Flügel!«

»Ach so«, sagt Paul.

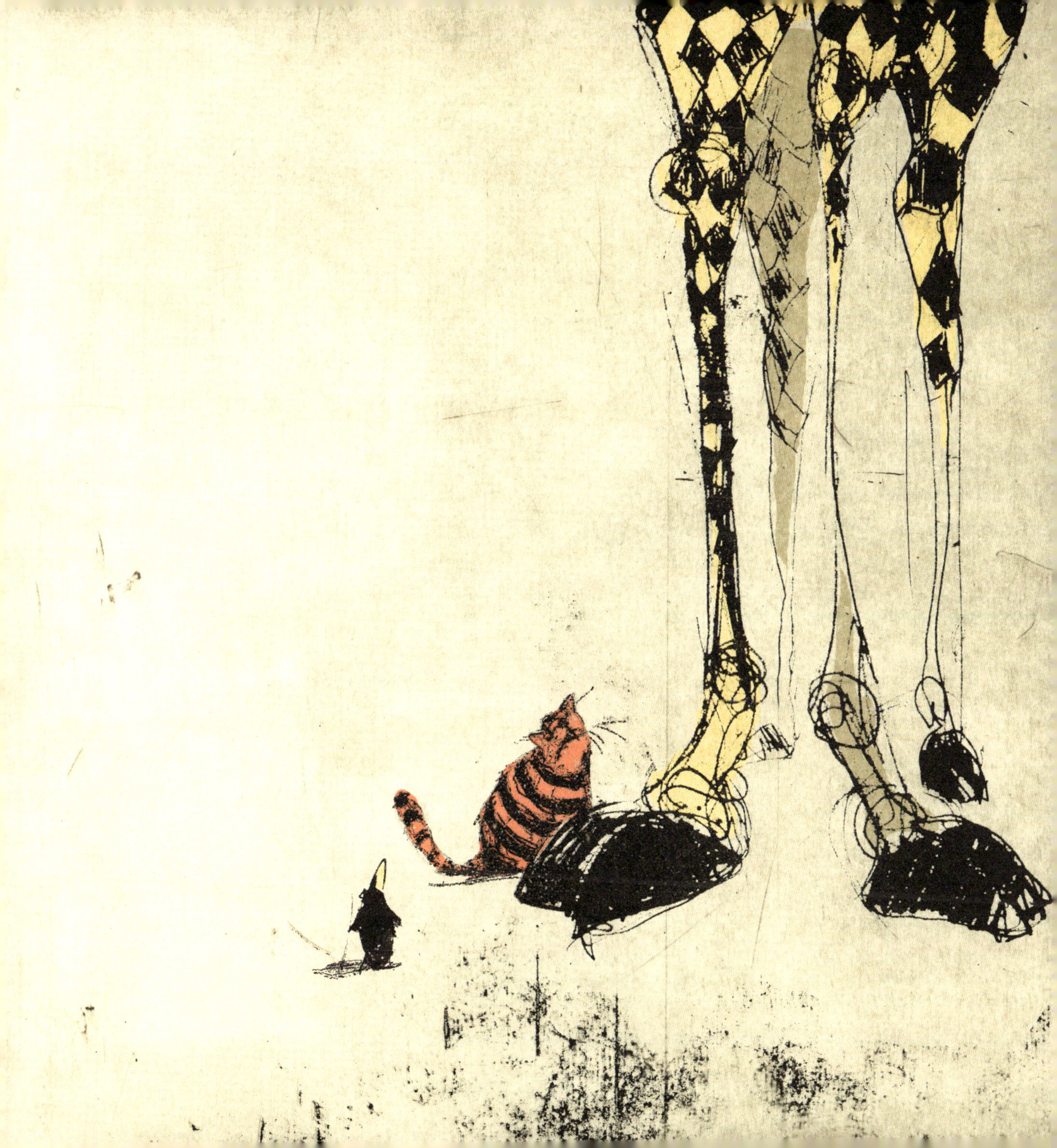

Beim Gehege der Flamingos ist Paul erleichtert, dass es sich auch bei diesen Tieren nicht um Pinguine handelt. Denn den ganzen Tag auf einem Bein rumzustehen stellt er sich anstrengend und auf Dauer auch ziemlich langweilig vor.

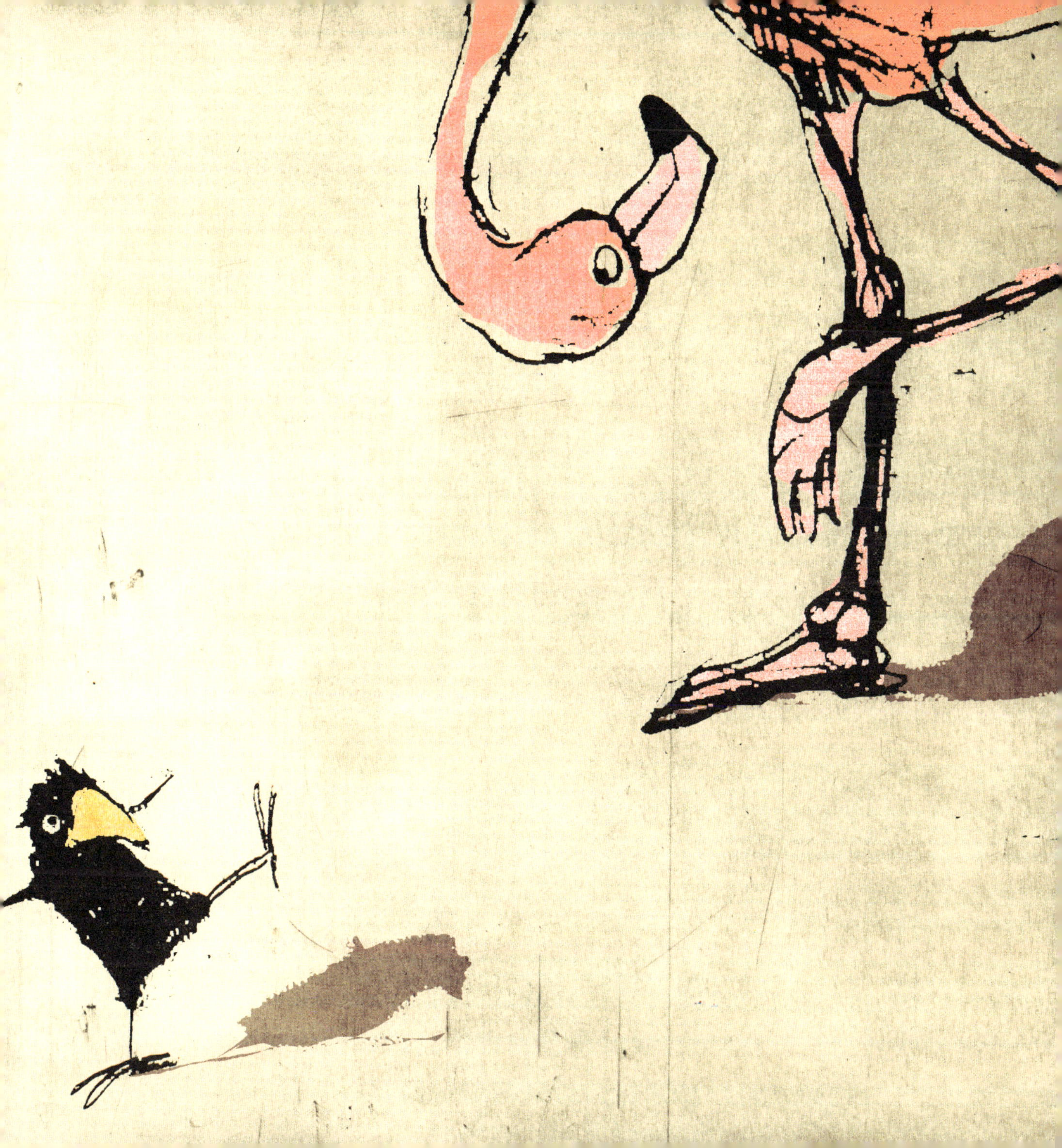

Nachdem Paul Elefanten, Tiger, Warzen-
schweine und noch andere Tiere
kennengelernt hat, sieht er sie endlich:

die Pinguine!

Er nimmt all seinen Mut zusammen,
schlüpft durch den Zaun des Geheges,
geht auf einen Pinguin zu und stellt
sich vor:
»Hallo, ich bin Paul, und ich möchte
gerne ein Pinguin sein. Könnt ihr mir
zeigen, wie das geht?«

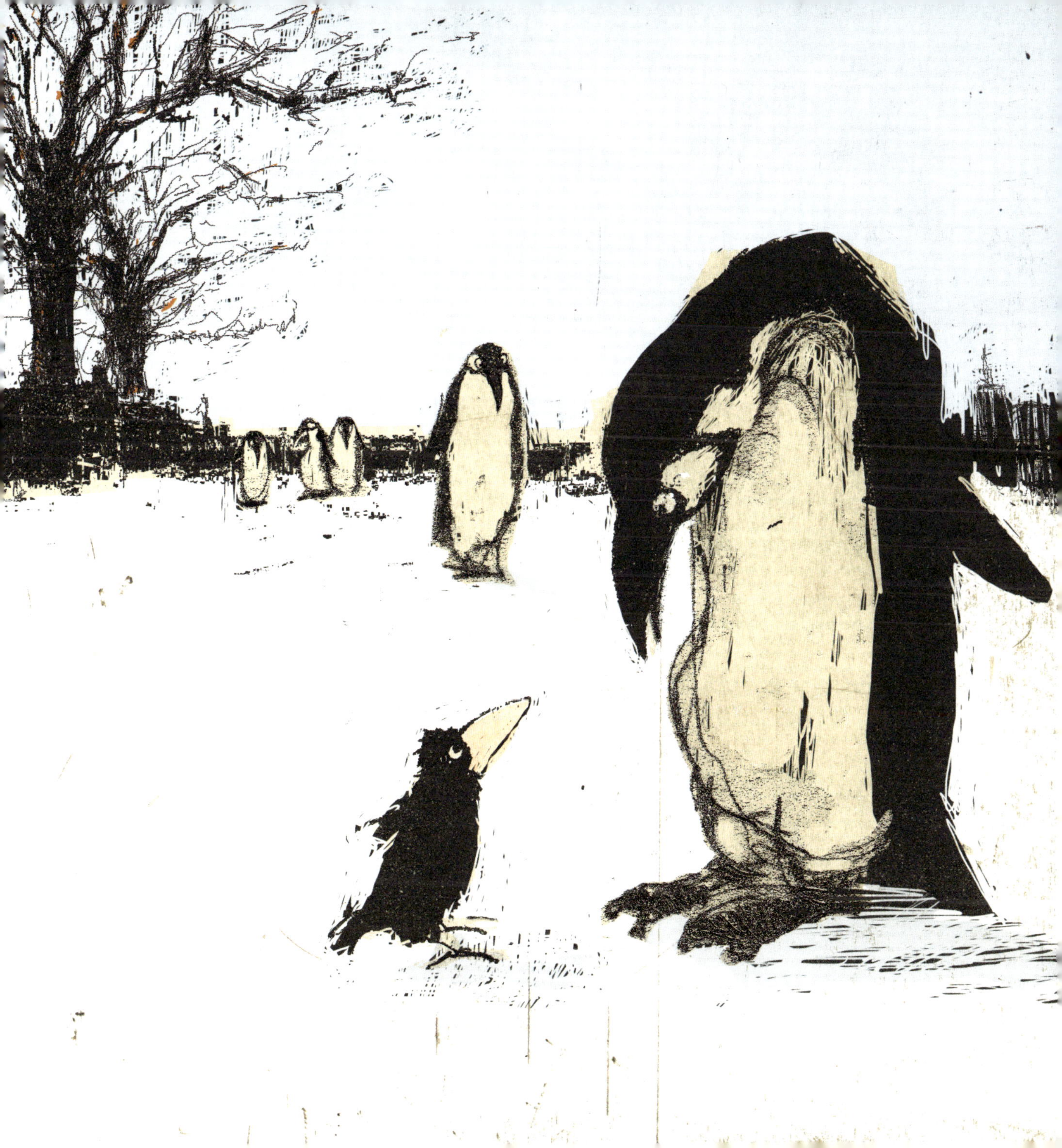

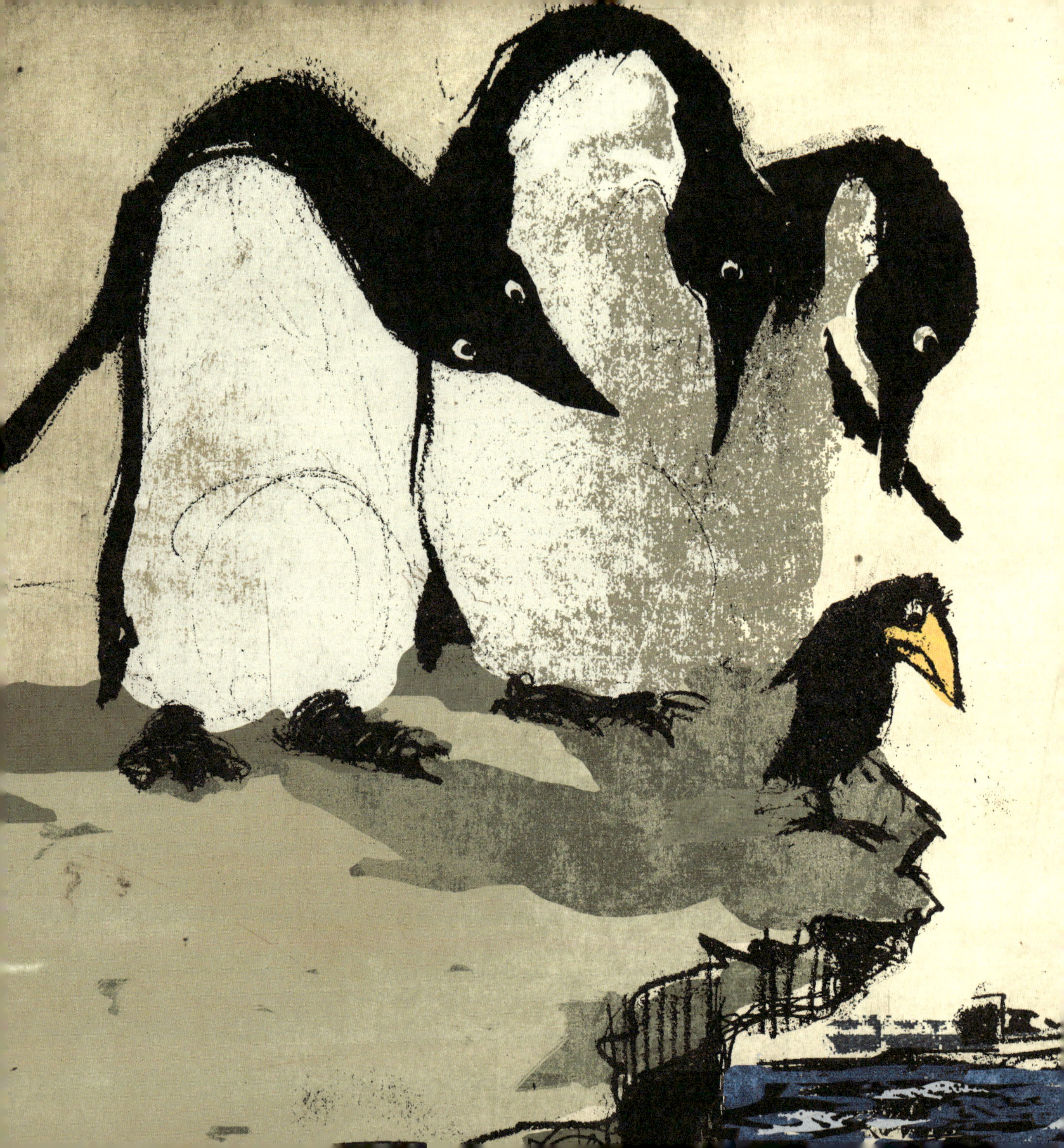

»Was? Du kleiner schwarzer Vogel willst ein Pinguin sein?« Der Grösste der Pinguine hält sich lachend seinen dicken Pinguinbauch.
»Das wollen wir doch mal sehen – komm mal mit, wenn du dich traust!«
Die Pinguine führen Paul auf einen Felsen hoch über dem Wasser.
»Wenn du ein Pinguin sein willst, dann spring!«
»Aber ich kann doch gar nicht fliegen!«, stottert Paul ängstlich.
»Pinguine fliegen nicht, Pinguine tauchen! Also los!«
Und Paul …

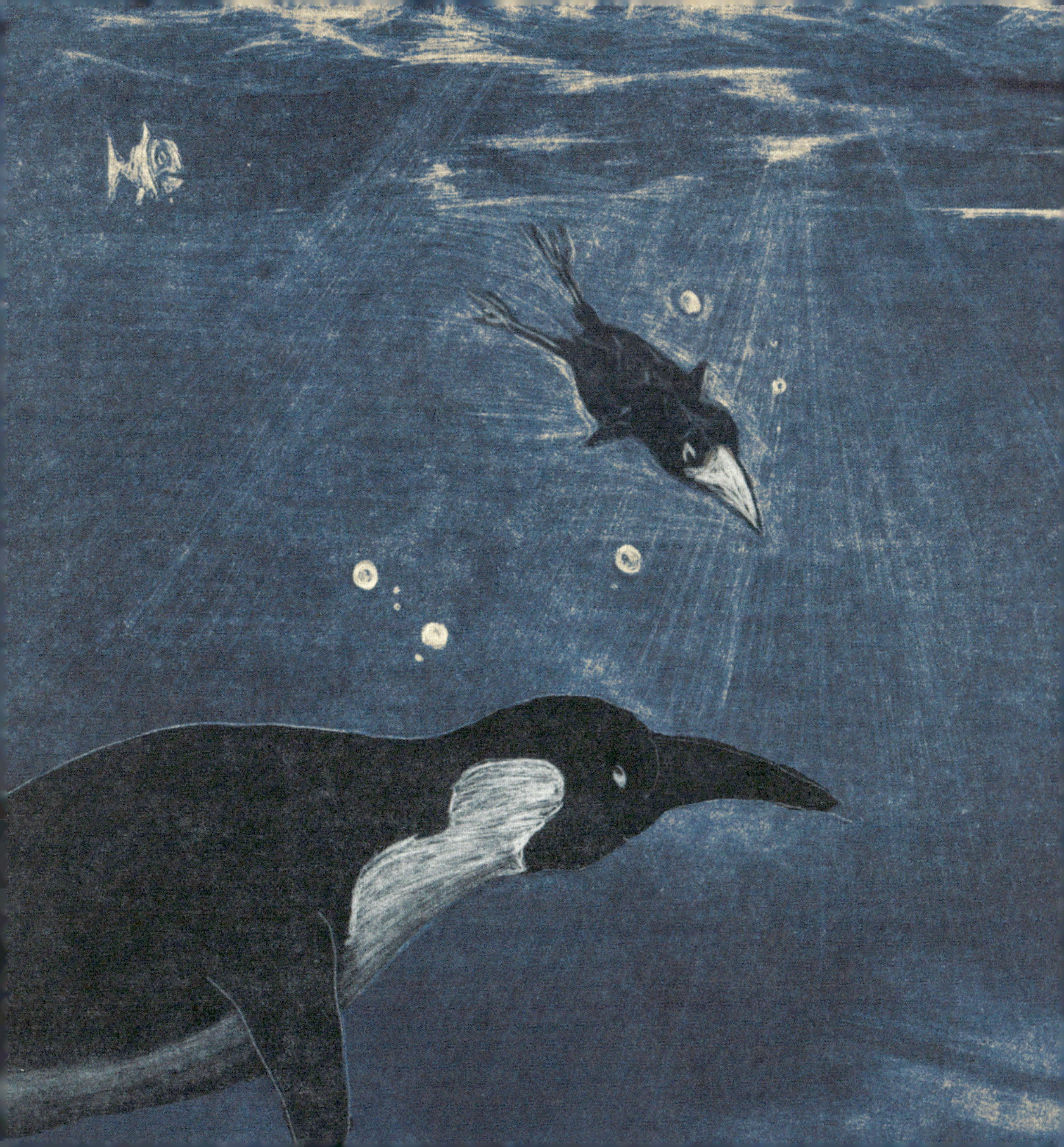

… SPRINGT! UND TAUCHT! UND ES IST GANZ LEICHT! »SO SCHÖN HABE ICH MIR DAS FLIEGEN IMMER VORGESTELLT«, DENKT ER STAUNEND – UND LÄSST EIN PAAR FREUDEN-LUFTBLASEN AUFSTEIGEN.

»Du tauchst ja wie einer von uns, Paul«,
rufen die Pinguine beeindruckt.
»Wenn du willst, kannst du bei uns bleiben.«
Pauls Eltern und Geschwister, die seine
Reise aus der Luft beobachtet haben,
lassen sich auf dem Zaun nieder.
»Wir kommen dich auch immer besuchen«,
krächzen sie fröhlich.
Paul ist stolz und glücklich.
Seine Suche ist zuende.
Er ist am Ziel.

Tschüss, Paul!

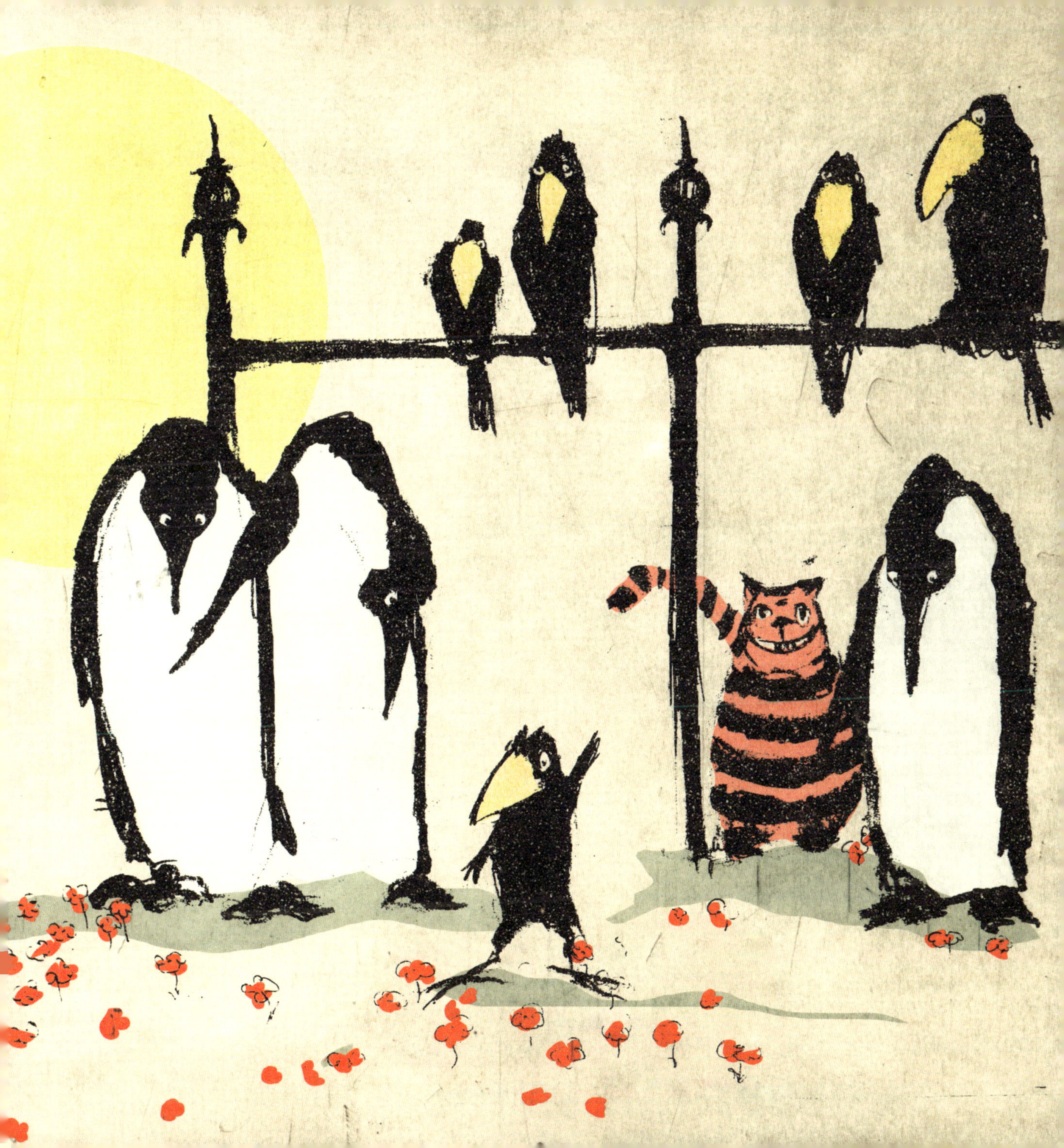